ELOGE

DE

MESSIRE FRANCOIS

DE HARLAY,

ARCHEVÊQUE

DE PARIS,

Duc & Pair de France, Commandeur des Ordres du Roy, Proviseur de la Maison de Sorbonne, Supérieur de celle de Navarre, & l'un des Quarante de l'Academie Françoise.

A PARIS,

Chez La veuve de JACQUES LANGLOIS,
Imprimeur du Roy.

ET

JACQUES LANGLOIS, Imprimeur ordinaire
du Roy, ruë S. Jacques à l'Image S. Vincent.

M. DC. XCV.

Avec Permission.

L A Maiſon de HARLAY, originaire de Bourgogne, y étoit diſtinguée dés le regne des Ducs de la premiere Race. Cette Maiſon s'établit en France ſous Charles VIᵉ. François de Harlay fut ſon Chambellan. Nicolas fils du Chambellan fut Maître d'Hôtel de Charles VII. Jean fils de Nicolas fut Chevalier du Guet ſous le Roy Loüis XI. & laiſſa de Loüiſe l'Huillier Loüis Comte de Beaumont, Baron de Monglat, Seigneur de Sanci, de Ceſi & de Chanvallon. De cette Sou-

che font forties plufieurs Branches, qui ont produit dans tous
les temps des Hommes du pre-
mier merite. On voit dans la
Branche aînée deux Premiers
Prefidens au Parlement de Paris,
un Prefident au Mortier, & deux
Procureurs Generaux. Il y a eu
des Evêques, des Confeillers
d'Etat, & des Ambaffadeurs dans
les Branches de Harlai - Sanci
& de Harlai - Cefi. On compte
dans celle de Chanvallon des Archevêques, des Cordons Bleus:
C'eft de cette Branche qu'étoit
né FRANÇOIS DE HARLAY Ar-
chevêque de Paris, Duc & Pair
de France, Commandeur des
Ordres du Roy, Provifeur de la
Maifon de Sorbonne, Superieur

de celle de Navarre, & l'un des Quarante de l'Academie Françoise.

Un naturel heureux, une éducation singuliere, & l'amour qu'il a toûjours eu pour l'étude lui firent faire un progrés rapide dans les Sciences & dans les belles Lettres. Aprés sa Licence il resta en Sorbonne jusqu'au temps de la Prélature, étudiant dix heures par jour, faisant chez lui des Conferences, prêchant dans Paris avec un applaudissement inoüi; on n'avoit point vû d'Auditoire ni plus nombreux ni plus choisi.

Dés 1650. quoi qu'il ne fût encore que Deputé du second Ordre, il parut avec tant d'éclat à l'Assemblée du Clergé , qu'on l'écoutoit commel'Oracle. Quelques Evêques qui en étoient , aïant entrepris de se faire élire Présidens à l'exclusion des Archevêques , le second Ordre de son côté voulut avoir le même honneur , prétendant que si les Evêques avoient pouvoir de Présider au préjudice des Archevêques , un Député du second Ordre n'avoit pas moins de privilege d'être Président des Evêques. Cette contestation auroit eu des suittes fâcheuses , si l'Abbé de Chanvallon pour calmer tous ces mouvemens, n'eût eu autant de fermeté à refuser la Presidence , que l'on avoit d'empressement à la luy offrir. Son

Oncle, Archevêque de Roüen, voulant lui refigner fon Archevêché, écrivit à cette Affemblée, pour obtenir par fa faveur l'agrément de la Reine Mere. On aplaudit à cette propofition. Les Préfidens de l'Affemblée furent députez à la Reine pour lui demander cette grace au nom du Clergé de France ; la Reine l'ayant accordée, l'Abbé de Chanvallon fut facré Archevêque de Roüen le 28. Decembre 1651.

Pour prendre des mefures juftes dans le gouverment de fon Diocefe, il en fit la vifite, prêchant dans toutes les Eglifes, y donnant la Confirmation, s'informant avec prudence de la vie

A iiij

des Pasteurs & de celle des Oüailles , terminant toutes les querelles, faisant le Catechisme au pauvre & au païsan , & leur expliquant les Mysteres avec autant de simplicité qu'il avoit de grandeur & d'elevation en parlant aux Doctes. L'Eglise & l'Etat étoient en ce tems-là dans une étrange confusion, la Guerre civile d'un côté, & le Jansenisme de l'autre , aïant introduit peu à peu des erreurs dans les Dogmes, le relâchement dans la discipline , une inclination de revolte dans l'esprit des Peuples, une jalousie inquiéte entre le Clergé Seculier & les Reguliers, & une hardiesse insolente dans la plusçpart des Calvinistes.

M. DE HARLAY aïant connu par sa visite que tous ces maux s'étoient glissez dans son Dioce-se, s'appliqua pour y remedier à mettre l'union & la paix entre le Clergé & les Religieux, exhor-tant les uns & les autres à Prê-cher à son Peuple, autant d'exem-ple que de parole, la soûmission qu'on doit avoir pour les déci-sions de l'Eglise & pour les com-mandemens du Prince. Outre ces sages précautions, il établit un Seminaire pour former les Ecclesiastiques aux fonctions de leur ministere; & aprés avoir or-donné que l'on feroit des Con-ferences dans les Villes & les Bourgs de son Diocese, il en ou-vrit une à Rouën, où lui & ses

Grands Vicaires s'appliquoient toutes les Semaines à introduire dans le Clergé une charité sans envie, une science animée par la pieté, & une pieté éclairée par la science. Pour convertir les Heretiques, il fit Prêcher la Controverse ; lui-même la Prêchoit souvent, n'épargnant ni peines, ni soins pour ramener ces brebis à la Bergerie ; ne leur faisant point de querelle, mais reprimant leurs entreprises avec tant de fermeté, qu'un Ministre de Rouën aïant fait graver son Portrait, & mettre au bas, *Jean de Langle, Pasteur de l'Eglise de Rouën*, l'Archevêque força ce Ministre non seulement à changer de Titre, mais à lui rappor-

ter la planche, & à lui demander
pardon à la tête du Consistoire.
L'année suivante il alloit d'Eglise en Eglise Prêcher les Festes &
Dimanches dans les Villes & à la
campagne, suivi de Prestres, de
Religieux, de Gentilshommes,
& de Peuple qui faisoient ces
voiages exprés, les uns par devo-
tion, les autres par curiosité, pour
avoir le plaisir d'entendre faire
sur le champ à ce Prelat des Ex-
hortations differentes dans tous
les lieux où il Préchoit.

Cette admiration publique le
mit en peu de temps en une si
haute reputation, que la Noblef-
se le choisissoit pour Arbitre de
ses differens; les Etats de Nor- 1658.
mandie se rapporterent à lui des

demandes qu'ils avoient à faire ; le Parlement de Rouën lui renvoioit assés souvent les affaires Ecclesiastiques , & un jour la Grand'-Chambre en Corps vint le prier de decider une question tres-difficile. Il n'eût pas moins d'éclat dans les Assemblées du Clergé qui se tinrent à Paris en 1654. & 1655. contre le Jansenisme. Ce fut par ses conseils qu'on écrivit à Rome pour consulter le Pape , qu'on reçût la Constitution d'Innocent Xᵉ. & que l'Assemblée déclara que les Propositions avoient esté condamnées dans le sens de Jansenius. En 1660. étant alors President d'une autre Assemblée , il y fit ordonner la signature du Formulaire. Enfin

en 1668. aiant fait l'accommode-
ment qui finit cette grande af-
faire, il eût l'honneur d'avoir le
plus contribué par son zele & par
sa prudence à étouffer ces nou-
veautez.

Je ne parle point de ses Ha-
rangues au Roi, aux Reines, au
Legat, ni du Caréme entier qu'il
Prêcha aux Minimes de la Place
Roiale; il est plus aisé de s'ima-
giner que de dire quel succés pût
avoir un homme né bel esprit,
& de l'aveu de tout le monde le
plus éloquent de son temps. Je
passe sous silence qu'en 1661 le
Roy le fit Cordon bleu. Cette
marque d'honneur accordée à si
peu de gens, & qui souvent est
dans les uns comme le comble

de la fortune , n'aiant esté que le présage de la sienne , je ne pense qu'à faire un recit des services qu'il a rendu à l'Eglise & à l'Etat. En 1670. il fut President de l'Assemblée du Clergé , à l'ouverture de laquelle il Prêcha en la place d'un Evêque qui tomba malade : il Prêcha , dis-je , sans avoir eu auparavant plus de deux ou trois heures à se preparer.

En 1671. il fut transferé à l'Archevêché de Paris, une experience de vingt années , une étude continuelle , & les principes qu'il s'étoit fait pour la vie publique , avoient formé en lui cette prudence universelle necessaire dans un si grand Siege. A peine fut-il

installé qu'il visita son Diocese,
qu'il y fit faire des Missions, qu'il
y regla les Seminaires, & en fixa
les exercices ; & qu'aprés avoir
assemblé un Synode extraordi-
naire, il fit des Reglemens d'autant plus beaux, qu'il a trouvé
l'art d'allier toute la fermeté d'un
Juge avec la douceur d'un Pere.
Depuis sa translation il a été l'arbitre de toute l'Eglise de France,
le Roy l'ayant fait chef de son
Conseil de conscience, renvoiant
à son Tribunal les differens de
tous les Ordres & de la plufpart
des Evêques, confiant à sa vigi-
lance l'extirpation des nouveau-
tez & la conservation de la Dif-
cipline. C'est lui qui a rétabli ou
la Discipline ou la Paix dans la

plufpart des Ordres, où le mal-
heur des tems avoit permis qu'elle fut troublée. Il n'y a point de
Communauté de l'un & de l'autre Sexe dont il n'ait affoupi ou
decidé les differens : chacun fe
trouvoit fi bien de fes jugemens,
que fi celui qui avoit raifon étoit
affuré de vaincre, celui mefme
qui ne l'avoit pas, ne fembloit
plus avoir de honte ni de regret
d'être vaincu. Tous les Evéques
du Roiaume, les Chapitres des
Cathedrales, les Superieurs des
Monafteres le confultoient à tout
moment, & fur toutes fortes d'affaires : cependant loin d'eftre ac-
cablé, il gouvernoit fon Diocefe fans Grands Vicaires, entrant
dans tout le détail, & jugeant de
tout

tout par lui-même. En 1683. il
tint à Paris dans une Salle de son
Palais des Conferences les plus
celebres dont on ait memoire.
Quand on croioit tout épuisé par
les reflexions d'un nombre de
personnes doctes, on voioit avec
surprise, que Mr. l'Archevêque
recüeillant les épics qu'on avoit
laissés sur le champ, faisoit encore une recolte plus abondante &
plus fertile que n'avoit esté la
moisson.

Cette application à gouverner
son Diocese ne diminuoit rien de
ses soins pour les affaires gene-
rales, & pour le bien de l'Eglise.
Il y avoit long-tems qu'il tra-
vailloit avec succés à l'extinction
du Calvinisme. Dans les Assem-

blées du Clergé il avoit préparé
les voïes à ce glorieux évene-
ment, obtenant du Roi que les
Heretiques fuſſent exclus des
emplois & des dignitez, & les
mettant dans un état à n'avoir
preſque plus de part à la ſocieté
civile. Cet auguſte deſſein étant
enfin venu à ſa maturité, il eut
la joïe de voir révoquer les Edits
de Nantes & de Niſmes, pour
coûper la tête à cette Hidre, ſans
craindre qu'elle pût renaître.
Que ne fit-il point en cette oc-
caſion, donnant à tout moment
audiance à ces Neophites, atti-
rant l'un par ſes bienfaits, mé-
nageant la crainte de l'autre,
les perſuadant tous par la force
de ſes raiſons, diſtribuant de tous

les côtez des Ouvriers Evange-
liques, pour cultiver dans les
Provinces cette nouvelle vigne,
& arroser des eaux du Ciel ces
plantes foibles & délicates.

Il est l'unique qui ait Présidé
à neuf Assemblées du Clergé.
En sa faveur, autant que pour
illustrer l'Eglise de Paris, le Roi
avoit érigé en Duché & Pairie
dés l'année 1674. la Terre de
S. Cloud, qui dépend de l'Archevêché. Pour couronner ses
services & ses vertus, Sa Majesté
le nomma au Cardinalat en 1690.
Un si grand merite auroit fait
houneur à la Dignité; mais Dieu
ne permît pas qu'il y parvinst.
Il mourut subitement le 6. Aoust
1695. âgé de 70. ans moins huit

jours. Qu'on remonte jusqu'aux premiers siécles, on aura peine à y trouver une vie plus active, ni un Prélat d'un caractere plus élevé, ou plus universel, d'une Naiſſance illuſtre ; l'Homme du monde le mieux fait, d'une affabilité qui vous enchantoit, exact ſans rigueur, doux ſans foibleſſe, fidéle au Roi, plein de zéle pour la Religion.

Que ne puis-je repreſenter la ſublimité, la force & l'étenduë de ſon génie, avide de tout ſçavoir, prompt à concevoir les choſes les plus difficiles, heureux à les exprimer. Eſprit également fin & ſolide, d'une habileté ſurprenante dans le maniment des affaires. C'eſtoit un Sçavant d'une capacité fans bornes , mais un Sçavant du caractere le plus aifé & le plus honnête du monde. Quand on avoit l'honneur de l'entretenir, on ne trouvoit en lui ni le grand Seigneur, ni quelque docte imperieux , qui vous forçât de recevoir par l'autorité de fon rang ce qu'on ne peut lui accorder par celle de la raifon. S'il communiquoit fes lumieres , il demandoit celles des autres , donnant à chacun le moïen de faire paroître fon merite & fon efprit, fans jamais fe prévaloir de la fuperiorité du fien.   On n'a jamais vû un plus beau naturel pour le talent de la parole ; c'étoit une éloquence vive qui couloit de fource : tout parloit en

lui, tout y étoit éloquent, une
taille majestueuse, un air de qualité, une phisionomie toute ai-
mable, un heureux mélange de
grandeur & de bonté. Sa voix
n'estoit pas forte; mais elle avoit
je ne sçai quoi d'insinuant, son
geste naturel. Il ne parloit jamais
qu'on ne l'admirât. C'estoit un
charme de l'entendre sur des ma-
tieres imprévûës, orner ses déci-
sions de mille beaux traits d'une
érudition de toutes les sortes; au
reste, sans orgueil & sans vanité.
Il est rare d'être plein de lumie-
re, & de n'en être point ébloüi.
La gloire éclatante, & principa-
lement celle qui vient des Sciences & des belles Lettres, laisse
dans l'ame je ne sçai quel plai-

fir qui la remplit & qui l'occupe.
Quand on vous felicite fur de
grands fuccés, vous vous cou-
ronnez de vos propres mains ;
on fe dreffe à foi - même un
triomphe fecret, pendant qu'af-
fez fouvent on en refufe de pu-
blic : ainfi on perd du côté du
cœur ce qu'on croïoit avoir ga-
gné du côté de l'efprit, & les
connoiffances fublimes ne nous
ôtent que trop fouvent la con-
noiffance de nous-même.

Mr de Harlai avoit naturelle-
ment un fond de moderation,
qui le rendoit toûjours également humble & docile, capable
de recevoir confeil comme de
le donner. Avec quelle douceur
ne recevoit-il pas le Pauvre & le

Riche, les Gens de qualité & le petit Peuple ? Dans cette foule continuelle, & ce flux & reflux de personnes, d'affaires, de contestations differentes qui devoient l'accabler, quel est l'importun qu'il ait rebuté ? A qui a-t-il refusé la patience de l'entendre ? toûjours honneste & obligeant quand il le pouvoit, honnéte du moins & civil quand il ne pouvoit obliger, accordant avec plaisir, & ne refusant qu'avec peine ; il est des gens qui font si mal le bien qu'ils vous veulent faire qu'on tremble à le recevoir, & on ne sçait en ce moment si l'on n'a point plus de sujet de se plaindre de leurs manieres que de se loüer de leurs bontés. M^r. l'Archevêque avoit une espece de talent divin pour pressentir les desirs d'autrui, allant toûjours au devant, soit pour ne point faire languir, soit pour reparer par de nouvelles esperances la necessité où il estoit de vous refuser, soit pour adoucir le refus par des excuses obligeantes. Il redoubloit ses graces par la maniere de les faire, utile sans interest, liberal sans faste, genereux sans ostentation; mais qui pourroit bien exprimer sa passion & son zele pour la gloire du Roi. Chacun aime le Roi d'un amour tendre & respectueux : Eh ! comment n'aimeroit-on pas un Prince dans qui l'on rencontre le plus honneste homme du monde , &

le plus grand de tous les Rois ;
cependant je puis dire sans flate r
& sans donner de jalousie , qu'on
n'a jamais eu plus d'admiration
pour le Roi , plus d'cstime pour
ses vertus ; plus de tendresse pour
sa Personne que j'en ay remarqué
dans M DE HARLAY. Com-
bien de fois l'avons-nous vû au
retour de ses Audiances s'écrier
par admiration ! plus j'étudie le
Roi moins je comprens la force
de ce genie superieur , vaste , pe-
netrant , sublime : quand l'occa-
sion se presentoit de louër les vertus du Roi , M. de Harlay ne la
laissoit point échaper , toute son
ame estoit pour ainsi dire repan-
duë au dehors , sa passion écla-
toit dans ses manieres , sur son-

visage, ses yeux brilloient d'un
feu nouveau, & l'on voyoit bien
à sa joye que sa bouche ne parloit
que de l'abondance du cœur.
Quoique le Roy pendant 30 ans
l'ait honoré de son estime & de
sa confiance, ce credit superieur
ne l'a point rendu moins civil, ni
plus interessé. Modeste dans son
élevation, riche de sa moderation, & content du bien qu'il
avoit, il y borna tous ses desirs :
cette retenuë n'étoit point une
adresse pour mieux menager sa
faveur, moins il avoit d'empressement à demander pour lui, plus
il avoit de liberté de solliciter
pour les autres. Falloit-il donner
de bonnes impressions, adoucir
une faute, faire valoir un servi-

ce, appuïer une pretention juste
& raisonnable, procurer une grace, il étoit toûjours prest à solliciter : je ne finirois point si je
voulois ne rien oublier. Je m'ar-
reste persuadé que les longs Elo-
ges ne sont gueres du goust de la
pluspart des hommes, qui ne re-
gardent qu'avec envie des vertus heroiques qu'ils ne sçauroient
imiter. Si mon peu de fortune
me met dans l'impuissance d'é-
lever à la gloire de ce Grand Archevêque un Monument plus
somptueux de mon estime & de
mon respect, il daignera se con-
tenter de ce petit Eloge, qui se-
ra du moins une foible marque
de ma reconnoissance.

LE GENDRE, *Chanoine de l'Eglise*
de Paris.   Ce 11. Aoust 1695.

Permis d'imprimer ce 2. Septembre
1695.